諸力
shoryoku

後藤義久

思潮社

諸力

後藤義久

思潮社

目次

装画＝後藤義久　装幀＝思潮社装幀室

諸力

後藤義久

注文

本を注文しようとした
「――6階です」と見透すようにいう
はっとして仰ぐ女店員は
いつのまにか　巨大な体で
鼻孔に舟が三艘ばかりおさまっていた
6階では社員たちが体操中
店員が見せたかったのはこれか
とふいに螺子まき人形体操が崩れだした
床がかたむきはじめる

すぴーかーが鳴る
――本日は聖典にして閉店なり
いま館内に残っている人は
全員逮捕します」

人群に押されながらもぼくは
鋼のつるつるの手摺を確保できた
だがそれがなんの役にたつ　それにぼくは
金槌　包丁を　日々むりやり握らされ
物の押し引き分割に疲れる日々じゃないか
物という物は全部呪っている
手を離せ　手を　軽くなれ
ああしかし　しがみつくのだ　手摺に
そうしながらも　やはり快感が湧いてくる

没落していく快感が
麻薬の味わいとはこんなものか
壁が横へとしずかに移動している
下方には昆布巻状の円が
底へとすぼまりながら回っている
ちらばり　もまれる小舟が
すぽっ　すぽっ　と水壁に呑まれていく
手を離せ　手を・・・楽になってしまえ
ああ　しかししかし
手摺にしがみつく

アキ

アキ・・・牛ほどのロール機械
わたしが女ともだちと
ボーリング場にいた晩
研修生に壊されたアキ
起重機につるされ　血液ならぬ油をながして
なにかを（嫉妬を？）訴えていたアキ
もう会えなくなった　アキとの対話をおもう
「あたしはあなたらの分身であるよりも
その窓下のハコベや天道虫の方に近いのよ

量子の水準では少しの分子配列のちがいがあるだけ
あたしたちの宇宙ぜんたいは機械仕掛なんだから」
ベルが鳴り　ＯＦＦの釦へおのずと指がゆく

工場はつぶれ　なかまの顔もわすれた
アキだけ覚えているのはなぜだろう
わたしのような者にも制御できた機械であったからだろうか
女性という機械は　微笑ひとつとってみても
ＣＧ画像にするのに九十万点ほどの三次元座標を
ひつようとするらしい　それほどの複雑系は
わたしのような愚図の手におえるわけはなく
わたしたち　子を生む機械同士の作用および反作用が
脱線をよびこんでしまったのは当然といえよう
女ともだちとも　永遠にあえなくなった

アキだって　なかまの指を齧ったし
この地球表面の国家機械とか民族機械とかも
狂いが止まらずぶつかり合いどおしだ
では　あれはなに　ぽちぽちと　土手で
タンポポや蟻たちのこえがあがっている
アキに似た声のあれらは——
これらとの対話は
まだはじまったばかりだ

諸力

わたしの頭の一つがA子との筍掘りを選んだ
べつの頭は禅寺をおもっている
さらにもう一つべつの頭は　沼の反対側
風にのってくるロックコンサートをおもう
禅の静寂と狂騒音楽と　どっちを選ぶ
どちらの何を吹きこんだら
この頭は満足する主体となるんだろう
草ふかい岸では太公望に話しかけられた
釣秘儀の伝授かとあたらしい血液がながれだす
「フセインもミシュロビッチも賢い

ヒットラーや東条などは馬鹿だ
からっけつになるまでやるなんて
遊びの精神の欠如じゃ
儒教じゃ強い者　殿様とかには絶対服従だぞ
われわれはそうしてきた　これからもその道じゃ
とうぶんアメリカの天下はつづくだろう」
なんだこれ　棄てたはずの物を拾ったな
古い古いむかしの力
殿・・・か　血液が引いてゆく
A子よ　あ　どこへ行ったんだ

A子は車中で赤子を分娩している
白衣の女医が「お父さんになりましたよ」
「わたしの車ではありません　その人も知りません」

わたしは逃げ出す　足にからみつく電線
たぐるとロール機アキだ
今日は休日だろうに
こんなぶさいくな機械とのつきあいが
わたしの大事な時間をもっとも食うのだ
一番なっとくできない頭だ
コードを切ってしまいたいが　食えなくなる
それでも逃げる　逃げる
・・・・　・・・・
わたしをゆすぶり多頭にする波よ
さまざまな力よ　漂っているだけか
流されているだけか
もう一つ頭が要る　鋸　鉋　ペンキもだ
波乗板がわたしは欲しい

ケンタウロス

おれの影は醜い
猫背の痩肉と機械のうやむやな合体
向日葵畑のへりを進む
前方の麦藁帽の男　腰に巻く上着　徒歩　空拳
あれは苦しい　じぶんがそうだとしても
鈴も鳴らさず脇をすり抜ける
男は一瞥もしない　おとなしい獣?
おれもああなってしまうのか　飼いならされる
もうそうなってしまっているのか
勝負はついてしまっているのか

おやなんと狭い道だ　両脇からも
押し寄せる千万の虎の眼
否　虎よりも大量生産のほうが怖い
金貨のようなあざとい植物
（オートバイの量を相手に
油を塗る仕事はきつかった
いっそ放火したくなった）
自転車もろとも花に食われそうだ
蛇口とホース　水を一口もらい
また逃げるように探す出口
と　いきなり目前に四輪駆動車
ガラスの中には幼女
自動人形？　あ　うごいた　残像の
あの手のふりかたは人の子だ

ふいに　さっきの麦藁帽が出現　分類し
配置する目つき　ゆびをあげる「バイトの受付なら
あっちじゃよ」見えている
小屋と油色の旗　ばかな
そうじゃない　そうじゃない　ただのサイクリングだ
曲がる　曲がっていく　曲がっても　迫ってくる
向日葵の　波　波　波
巻き込まれるな　冷静に　冷静に　漕げ
そうか　出口を聞くべきであったか男に
しかし戻ってたまるか
じかんはけして戻らない
どんなに中途はんぱでも
じぶんが作りあげたじぶんを
運んでいく

正午の誘惑

ひらいたままの店の扉がある
ぼくはつしそうな瓶の列と
ころがる靴　道ばたになげだされた
電線束と鋼の工具　ジャッキー
ペンチ・・・とつぶやくだけで
きみはひろわない
物質にふかいりしてはいけない刻がある
ふれた肉体は溶けてしまうだろう
正午　あらゆる物品は

使用価値を脱ぎすて　ひそめていた息を
人びとに　蝶に吐きかける
物は機械的分子配列以上のものをひらいてみせる
還りたがっているのだ物は
加工されない以前の地球へ――
きみは尖った靴をひろうところだった
それを齧り味わう快楽を知ろうとした
靴は物になる以前の
包んでいた命ある動物の血肉へ
還りたがって大口で叫んでいた・・・
世界には　意識より無意識やたんなる物の分野が量で勝る
かれらの願いを聞け
世界の変容への扉がひらかれるだろう
あ・・・公園の鹿がいま

日をふかぶかと角刺しにした

物に追いかけられてきて
物あつかいにされつづけるおれは知っているぞ
仲間との敵対も　それが熄むのも
生命物質粒子が常に　見えない
関係磁石に引っぱられたり
接着されたりして生成されているからなのだ
われわれはどこまでが物であり
どこからが意識であるのか
木蔭のこえは　労働をしらない子らのもの
一輪車を乗り回し
滑台の上で絵本をひらいている

鉱物論

われわれ生命体とはまったく異なる
原子結合体配列の鉱物たち
瑪瑙　翡翠　ダイヤモンド　などが
あんなにも女たちを魅了しているとき
石はなにをしている？
ことばではなく
感情に訴えるなにかを放っている
鉱山集落に育ったおれの夏は
人もなげな石と水の谷間に遊び

水浴の体のひえは　灼けた岩を抱くことで回復させた
紫色になった唇をおしつけたり
耳奥の水を吸わせもした
屏風岩の回廊の奥からとどく
石屋の鑿音が熄む
うつら　うつらの意識に　入り込むのだ
鉱物たちのつぶやきが・・・
それは古い古い地球の過去のこと
はては宇宙の起源とその終わりについての釈義
木の葉のざわめきや魚の跳ね音を通して
表現されていた　言葉になりたがっている
泡粒語の翻訳はまだまだおわらないが
(その中での生物の誕生などは
例外的でちっぽけなエピソードにすぎない)

風雨も山火事も平然と生み収まるかれらの
遠い人外からの感情はふかく心に沁みた・・・

おれをつめたい　ときみはいう
そのとおり　あまりにかれらとの接触が深かったから
それに　薄ぼんやりよ
そのとおり　この都市ではなにかというとあの
谷間が立ちあがるんだ
けれど　あの厚い岩屏風をここへ通さないで
騒音と汚辱まみれの日々をどう堪えてゆくんだ

ノイズの時代

むかし　むかし
ぽつぽつと生える草のあいだをゆくと
はなしごえ　わらいごえがあり　酒瓶にとまる夕とんぼ
それがおれたちのはずだった　さらにその先へはゆくべきじゃない
だれもきいてはいないのに町には音楽がながれている
音楽とやらは鳴るにまかせよ　おれたちはざつおんのままがいい
ところが行こうとした友がいた
プログラマーとなったK　われらのげんかいを超えて過労死した
おれのロール機アキよりも何万倍もふくざつなやつだという

機械圏の神　電算機め　おれたちとたんぽぽの綿をふきながら
ストライキの計画や　飲み屋の
ねーちゃんのはなしにもりあがっていればよかったのにあいつ
方向転換　連日のざんぎょう生活へ没頭
泥けむりのむこう　ざりがに星座へいっちまった
Kよ　機械圏の女神のこえはそんなにうつくしかったかい
われらもきかい　けれどもずさんな機械
数珠をくりながら空腹になるきかい
機械の命令たるやいまも猛威をふるい
車輌道路には日々人身御供の血がながれている
われわれは忘却のちからだ
Kはよくわれわれを餓鬼のようだといい
まなぶようにといった（あるいはまぶすようにだったか
あるいは曲がるようにだったか）

それは音楽についてだったか　おんなについてか　極楽についてかは
忘れた　てれびの音量をあげるのが合図だった
おんなのこえ同様　Ｋのこともわすれるにちがいなく　ざんねん
燈をつつむ霧のなかでの弔い酒の味もわすれるだろう
外灯になげた石ころが唐鋤星のよこを走り
Ｋからの返事のかわりに
あたらしい闇の破片がふって
われわれをもとの餓鬼のような忘却の道をあゆませる
蛾のちんもく　喜リンの耳　そうあろうとする心に
危機キキキキとなく虫のこえがある

白雪姫小路

洗濯屋「白雪姫」のうら道
モルタルの建物は遺物のよう
汲取口の厚いコンクリートの蓋からは
一時代まえの臭気がもれ
二本の排気筒は咽喉笛のように
集団生活のくるしみをさけぶ
忘れたいものがよみがえる
十畳部屋に十一人の（一人は押入がベッド）工場の寮が・・・
部屋内部にとりつけた喇叭サイレンの大音響が起床の合図

あたまは坊主にされ　夜もはたらく
夜もはたらく　それだからか
わたしからはいつまでも
個人とかいう表面はうまれない
頭のなかは　ものの輪郭のとける夜が常態
個という壊れ易い電球たちは　漂いながら
ぽん　ぽん　と割れ
運河をながれていった

丘の上からはもう
モルタル家屋は　城塞ラブホテルと
洗濯屋「白雪姫」のあいだに沈み見えない
けれど完治のない病のように消滅したわけじゃない
生活に変化のできたじぶんだけが

あれはなかったことにしようと
否認しているだけだ
丘の墓地のしゃめんには
媼が鎌をつかい川方向へ草を刈っている
執拗に過去への線をひいて
筵を敷き線香を立てた
そうか媼が霊といっしょに
わたしに悪夢を呼びよせてくれたのか

しかしもう寮のこともその他の些事とおなじになった
笑うことができる　媼に感謝することができる
わたしの幸運になにかがプラスされたのだ
贈られたのだ――苦いが
よく噛むと　不思議な風味の草の葉のいちまいを

ド・クイシー症候群

飢えたとき作家ド・クイシーが
阿片にたよったように
わたしの場合も薬草をあてにした
（生えていたあの谷間は貯水池になり
鉱山は閉鎖された）
が　効き目はながい

薬草の効き目はながい　美術館の
噴水広場に餓死したみずえちゃんが遊んでいたり

食用の赤犬を抱いていた婆は
パチンコ屋で弗箱を引き摺っている
娘たちはみな細すぎる
塗爪の長さと鋭さを競い
星座をかきまわしてねむり
みずえちゃんの成長した姿で
肌を灼く店から厚底靴でおでまし
アフリカへの憧れを　隠そうとしない
どんな食糧がほしいのだ？　どんな戦士に会いたい？
それがいえれば苦労はしない　感覚を
言語化するくるしみ・・・
今日も・・・失敗らしく　空ろな眼で
ケータイを苛め平たくする（飢える土地
アフリカの唄がながれている）

わたしら全部がアフリカの部族であったという説がある
いつまでも原人でいたかったのに
放浪の旅にでて世界中に散らばったと
同時に飢える体こそうつくしいという美学を広めたと
ダイエットはあの土地を記憶保存する儀式らしいとも

大陸を出た結果がよかったか悪かったか
失ったものが大きいか小さいか
わからない　畳の消費量で
人間生活の変化グラフが描けるかどうか
（パパ・ウエンバが唄っている）
薬草の効き目からは覚めたほうがいいのか
人類の憧れ状態は永遠にありつづけるのか
わからないことばかりだ

難問をやっかいばらいしたいときは
座椅子にすわり　コップの水に
足をのばし　目をとじる

予兆

背中の鞭の音がやんでいる
ふりかえると
女王シルビアは地平線をうしろにした空間
象の背の上だ　脚立ほどの鞍に立つ
かた手に鞭
もういっぽうに日傘
のたまう「このくらいの高さなら
もとウェイトレスのわたしもまんぞく
あんまりに贅沢な人たち

ふとった人たち
一方には下請人や派遣社員
でもって主人と奴隷のかんけいに
こだわる人がたくさんいる　わたしの商売は繁盛
帰りはこどもの服買ってこ」
灼けるような空
いたむような渇きのなか
ほろほろとアフリカの太鼓の音
幾枚もの　ふるくなった皮膚が
背中から剝がれていく
どれほどの甲殼をひつようとしたことか　わたしは
日付つきの屈辱の皮はとくに厚いものだが
女王の鞭一振りに　即ひびが走り
喜ぶようにふっとんでいった

いま地平からくる雲とまじりあって
稲光を生みやすくしている
ほら　きた　最初の紫電
女王の傘がとばされる
雨・・・か

地図をつくる

宇宙船からの地球視覚像では夜と昼が
今日と明日とが同時に見える
以後　世界は忙しくなった
幼子の風船が天井につっかえ　バスは出発
上昇　上昇　眼下にひろがる　湾　ヨット港
円い水平線　きみと別れたばかりのメル友が
おどろの髪を押さえながら
次の友のメールを読んでいる
見ていない　崖下の岩をすべる白波は――

飛ぶ　朝市の婦の被り物
ホームレスが台車を駅裏へ押していく
あまりに忙しい——忙しくさせられている
わたしたちの生活　倦怠にまさる悪はなく
つねに新しさへの追求がある
高層耐震マンションの住民たちは明日をおもう
ゴルフやネット中毒者たちは
くつろぎの　螢の　果てしのない欲望の
さまざまな研究に没頭している

きみもきみのための闇を得ることができた
民宿の机にむかい今日見たものと
見落としたものとをキーに打つ
すべてを見たいという要求とは何か

世界はひろい　脳にすべては収まるまい
（今日の爆弾と飢えの砂漠の映像からは遠ざかり）
目に見えた物だけで地図をつくり安堵を得る
地図をつくれば　きみは限定された世界ながら
何かを所有した気分になれる
眺める身分に転身したことになれる
そうか　転身への欲望なのか　地図視線は——
しかしきみが明日何者かになるとしても
詩人だけは遠慮したほうがいい
まだ物を書いてるなんて恥かしいことだ
明日は悲惨でも　楽しむためでもなく
けんめいに湿った障子を蹴って
なにかの合図を送ってくる一匹の蚊とんぼ
あいつになるくらいなら許せよう

導線

ある日おまえはおれの衿をくわえ
曳きずった　何枚も重ねて貼ったポスターに
穴をあけ　その裏側に入り
崩れかけた一軒家に置きざりにした
火にかけた壺から　水素で洗浄される
いっぽんの線がのびていた
おれの道が示された

平坦な道が好きだったおれを
高圧鉄塔やガスタンクへ昇らせた

運命の線よ　吹かれつつ飛んでくる藁をつかみ
針金と藁とを編み込み　過去を捻じ曲げた
宙で昼寝することもおぼえた
鎌を枕にして眠ることや　乳鉢で
虎をも殺せる薬を練ることもおぼえた
一般的な　てきとうな温かさ　そんなものはない
一般的な　睡眠時間　そんなものもない
つねに例外の道でたんぽぽの綿をふく

おぼえていない放浪の日の一日
どうして膝まで水に濡れているのか
冥府が三メートル先で漣を醸していたのは確か
どうして陸に戻れたかおぼえていない
印象に残る事物を消そうとする

脳のはたらきがある
どこかになお旗が死蔵されている納屋があると
認めるにはよほどの勇気がいる

厳密なる手じゅんをふみ　少年は
諸となにかで団子をつくり鉤を呑み込ませた
川へ抛り　じっと待つ
じかんは止まる　だまってながれるものは
止まっているのと同じ　死生なし
忘れることができれば次が現われ促すことをする
脚の塵をはらって　また坐した
鈴はいつ鳴るのか　それも
忘れることをおぼえれば分かる
忘れることをおぼえよ

散策

幽界のことは熔接工の口から
聞いた「そこへ還るのだ
われわれの日々の労働はそのためのもの
入口を探せ　準備のブラシ掛けはしっかりやれ」
かれはいなくなった　出発したのだろうか
錠を焼き切り外へ出たのだろうか

軒燕のいなくなった町
マンションのポーチに子等が頭を寄せ合う

ポケット電脳ゲーム　のふりをした
幽界への必死のアクセス？
給食工場の窓では女が
スカーフをふっている　土手の葦へ――
この時刻見る物みな記号だ　幽界への
高圧線の下の草罠を
トカゲがくぐり　夕星は
宇宙の生命発生時への想いを誘う
夜の橋はライダーたちのもの
あいつらだって探している　爆音の霧の軌道に
ランプの火の色を溶かしこみながら

立読本の哲学者がいう
「すげーものには手をだすな・・・」ああ

そういわれるとなおさら「すげー」方へゆきたくなる
空腹時ならガラスのむこうの料理に注視する
それが湯気でガラスをくもらせない
偽物だと知ってはいても——
おれは諦めない　探索は——
熔接工の形見の品は工具
スパナとナイフを融合したもの
疵だらけの抽斗に眠り
一度も役に立ったことなし

けものたちへの質問

わたしが捧げた花束を
教授はばりばりと食べる
長い貌をこすりつけてくる
――アルクトゥールス座で爆発があったの
さあ　観に出かけましょう」
わたしは耳で聴かなかった　が意味は心に宿った
こつこつと蹄の音　螺旋階段をあがってゆく
ついてゆく――かの女のほうへ進化しなかったわたしは

市民講座の庭で某夫人がいう
——先生　巧言令色　鮮なし仁
あれは何も言うなということですか
主人は広告業なんです　失業ですね」
メールやネット漂流者たちの笑いを超え
馬とはすこしも似ていない
白髪教授は答えた
——言葉を大切にせよ　と読めばいいのでは」

ヒトは言葉をもち文字を記し
涙と血の味を世界にもちこんだ
苦しむ　苦しむ　——他のいきものたちはどうか
かれらは食い合うが必要にかられたその場限りのもの
爆笑　爆弾　悔恨はない

かれらのようになれる道はあったのか
隠されてしまったのか　その道は
一万年前からのつきあいなのに

じっと見つめてくるだけの犬や猫
もしかして　語りたがっているのか
かれらも　記号を欲しているのか
教えてくれ　失われた無関心への閾を
池の水が明滅する
ミズスマシの水輪が一つ　また一つ

青空市

装飾品の　陶器の　鉢植物の
茣蓙や幌のまわりを
蛇のようにめぐる人びとがいる
いくつもの星雲のように垂れる衣類に
すべりこむ誘惑された手がある
貨幣との交換があってもなくても
人びとはかがやく瞳を与えられている
電話ボックスよりも太い人工氷柱は
青髪や金銀の髪に化粧した男女を

ぐにゃぐにゃな影にして屋上に吐き出している
もう見つけることはできまい
わたしの探しているA子は――
豹変への羽ばたき　それがケータイ生活だ
太陽の黒点つぶしの親指から
体ぜんたいに年齢の腐蝕がすすんでいる・・・

うす烟はなんだ　バーベキュー
青捺印の肉の吊焼に
むらがるぼろ着の　潮の匂いの
日焼人たちはなんだ?
一心不乱　ナイフをきらめかせてむさぼっている
叫ぶような声は異国のもの
中国か　朝鮮半島か　それとも南の?・・・

骨をつかみ　コーラや酒の喇叭呑みだ
むせび　野菜を齧る　齧る
利子にも地代にも縁遠い異国からの密航者たち！
ああ　もうわたしも蠅のようにたかる一匹だ
手づかみで肉を貪り食っている
当然だ　プロレタリヤ貧血症の飢えが
わたしから去ったことはない
いま口中にひろがるのは
市の立つ日には生まれるという虹
この島へ渡ってきた遠い祖先の記憶の味だ
美味い　美味い　つるりん
いま目玉らしきものが咽喉を通った
それが恋人Aのものであるとわたしは確信している！

迷路

風のように来て
カメラを向ける観光客を
島人はどうおもうのか　下手な
ハングルで訊ねる「撮影してもいいですか」
笑いかけてはくれない　一人の蜂飼女が首をふる
土地の観光化に馴れていないのか
かたくなな首のふり方　髪が刎ねる
抱き上げている矩形の函から蜜が甕にながれた

わたしたちのほかに誰かがいる気配がある
十人ほどの蜂飼以外に
そこいらにぶんぶん唸っている蜜蜂以外に――
森のなかでは板切の打たれていた岩穴を見せられた
ゲリラとみなされ村人が逃げ込み殺された岩屋だ
木々を仰いだが　五十八年まえの怨念の声は聴こえない
古葉がふり　岩に撥ね　それっきり

帰り道　ばらばらの列の歌声を聞いた
中学生ほどの　男女の黒髪　赤い頬　サッカーボールと
ハナ・ツル・セ・・・と叫ぶリフレインが過ぎる
わたしもおなじナズナを踏み
はっと振り向くともう列はない
亭亭とした木々が枝を打ち合わし

人の気配が離れていく　遠くなっていく
突然歓声が森の奥にあがる　さっきの生徒たち・・・
と気配でしかなかった亡霊たちとで・・・そうだ
かれらは遊んでいるんだ　安堵がくる　安堵が
車のドアをばたんと閉めたあとも
怨みをもつ亡霊たちと
怨みを知らない生徒たちとの歓声は届いていた

あの蜂飼女・・・三十歳は超えていた
カメラに首をふったのはなぜだろう
被写体になることへの単なる恥じらい
商品のように見られることへの嫌悪？
異国人に対する怖れと警戒心？
首をふらせたのはなんだ

かの女じしんにもわたしにもよく分からない
しかし亡霊の気持ちにいちばん近い感情を示したのは
かの女ではなかったか　目立ちたくない
無名の悦楽の生を守りたい　無垢のこころ・・・
島では多くの美しい女性を見た　笑顔の歓迎もあった
しかしこころにのこっていたのは蜂飼女だ
かすかな恨みとともに記憶にのこっているのは

黒田喜夫からの・・・

黒田喜夫から電話があった
——今〈原人〉という名の詩誌を考えている」

はるかむかしの
老婆の詩を書いた詩人の声が
今わたしを誘なっている　ほらそれを見ろ
すばやい刃さばきの
魚の鱗をとっている老婆を見ろと——
市場の天井までの魚介の荷の洞窟に坐し

老婆はもう恋からも乳飲子からも遠くなって
胸は衣の下でぺしゃんこ
脚は前掛の下に畳まれている
市場通りの風物の一部と化して
籠に盛られた魚を　もう一方の空の籠に充たしていく
前に帽子が口をあけていたら銭を投げただろう
銭を？・・・あそうか　それは間違い
かの女は見世物の乞食ではない
労働する者なのだ　銭を蔑む原人の土地へ
わたしは着きたかったのだろうか
人類のすべては銭を知ってしまったのに
なお〈原人〉のロマンを期待し
やってきたのか

賃仕事に急かされる老婆は
それでもロボット以上のものであろう
市場という船に乗せられ　ながされていく
蝦の　無心の　生物の　うごめきを曳いて・・・
ぼーっと見ているうち
わたしもロボット状意識となり
原人の血脈に溶けていく
そうなのだ　今日とは逆にわたしも口をむすんで
昨日まで金槌をつかっていた
原人の血脈にあるのは確かだが
ロマンは織らず靴革を縫っていた　うしろを
見学者が英語やハングルを落として過ぎていった
戦火がなくとも受験の　経済の　戦争は終わらない

交差点　信号機の上空を
砂粒がながれている
砂は産卵へむかう微生物のように
ひらく手帳の上でうごめく
わたしは紙に痕跡をつくる「生命　牙　保存と
生き抜く力　野生の歯　分裂し
二重に二分割し　新たな群を生む家系図
遺伝子　染色体　蒙古斑
おのおの　だれにも暴かせない秘密をもち・・・」
何になるんだ　こんな文字　読書の反復
すべて詩を消す行為ではないか　風ではなく
沈黙を守りたい気持が口を塞がせる
群がうごいて鉛筆の芯をおる
手帳をほうりだせ

群とともに砂塵へ入れ
失踪者になってしまえ

風葬の効果

桟橋前に行列し　船をまつ旅人
妊娠機械　射精機械たち
わたしもその一員だ
南海の海底見物まえのいっぷく
東屋で缶珈琲のプルトップを引く
と　キャリー・ケースを曳く影法師が
砂地を掃いた　日傘と襟足を見おくった
車輪は音をたてず
影法師は砂地に靴跡もつけず遠ざかる

忘れもしない　結核で死んだ三十二歳の叔母だ
追ってたしかめろ

否　追ってはいけない
ホテルマンの忠告があった
「いいですか　この島の弔いは風葬です
屍を安置する畑の小屋を見たでしょう
三ヵ月後　腐肉をあらい　骨をとりだします
それが霊を保存できるもっともよい方法なのです」
小声がつづく「いいですか　この島の住人は
自転車にようのりません
表むきは日焼嫌いということですが
ほんとうは昼の亡霊を恐れるからです
亡霊は音もなく走る自転車が大好きなのです

籠にのって遊ぶんですよ
人を海や道路に投げだします
軟弱な旅行者には変な幻を見せますよ
幻を見たらそばの柱に触るか
屋根のシーサーを見つめなさい
ではくれぐれも　お気をつけて」

臆病風にふかれながらも
わたしは考えた　そうじゃない
亡霊は観光客と遊びたがりはしない
亡霊は遊ばない
観光客になにかを告げにくるのだ
訴えにくるのだ・・・
古代の王朝がらみのことかもしれないし

徳川家との葛藤
最近の戦没者やげんざいの基地のこと
親族とのいさかい・・・等々を
風葬は訴えをゆるしてやる装置なのだ

叔母がふりむき　不満を告げるのではなく
いつかの日のように　日傘をまわしてくれたら
どうなっていただろう　わたしはやみくもに
叔母を追っただろう　わたしは柱から手をはなし
あわてて手帳をとりだす
描く楕円はたちまち　わたしを嬉しげに
だきしめてくれた
涙一粒のうりざね顔となる

うなぎ

鍾乳洞はあった
がなにか変だ　待っていた運転手にいう
「戦闘のあった洞窟じゃないですね」
わたしは鍾乳洞ではなく
ガマの洞窟へ行きたかったのだ　「そうでしたか
鍾乳洞といえばみなさんここですよ　ガマの洞窟はねえ
わたしも薦めたくありません　気分を悪くした高校生が
幾人もいます　亡霊がとりつくのです・・・」

ガマの洞窟——読谷村のチビチリガマその他　米兵の掃討や
日本兵が住民に強いた無理心中のあった洞窟である
（玉砕・・・などということばは使うまい）
「もう時間がありません　つぎの機会にどうですか・・・」
こちらが見たい場所は宣伝しない　パンフにも載せない
観光客には南国のゆったりとした植物
極楽島の魚や鳥のすがたを屏風のようにひらき
基地反対派の砦の風景などはとじられる
了解　物事には裏と表がある
生活がかかっているからそうなる
庶民の事情はいつもそうだ

さようなら　機内のテレビ画面に
離れていく沖縄全景がうかぶ

翼つきのジュラルミン洞窟内が
寒くなる　新聞紙の
マネーロンダリングという文字のせいか・・・
ガマの洞窟ではない
鍾乳洞にいたうなぎを思う
亜熱帯のあそこへ戻りたい
あたたかいうなぎの寝床へ・・・
ガマ洞窟はどうか
CAがさしだすひざ掛を受けとり
眠りへ入るまえにわたしは自分に問う
本音をいえ　ほんとうはおまえ
ガマ洞窟を敬遠したのだろう
さっさと引き返しているじゃないか
──よし　きっと再訪する　会いにゆくよ」とわたしは誓う

いまは　酸っぱい果物を吐きだしただけのことにしてくれ
亡霊たちよ　忘れることをゆるせ　眠りをゆるせ

放っておいて

よりを戻したくなった人は
巷間の二階　工房風の部屋に棲んでいた
「ここがよくわかったわね
これが最後の一えぐり　遣らないわよ」
A子はスプーンの塊を口に入れた
よく見ると卓上のそれは西瓜ではなく
A子の首であった　食べているA子よりも
若々しいかの女の頭部であった
「これアメリカから送られてくる

わたしの分身よ　わたしの脳細胞を養殖したものなの
わたしはこれで　新しい自分を日々更新しているの」
からだをねじって見せてくれた背中からは
床に伏せる人形たちと同じように
数本のコードが垂れ
配電盤につながっていた
「わたしはアメリカ医学界の
実験者の一人です　もうこの世に生きていた頃の悔しさも
懐かしさの感情も残っていません
死も死後の世界もないわ
どんな覚悟もいらない　気楽な
なんとなく歯がゆい日々があるだけなの
でも気晴らしはひつよう　そこの滑車ハンガー台の
衣装を使いまわして街を闊歩するの

男たちを振り向かす力は永遠にあるんだから退屈しないわ
人間に国をつくらせ　戦争させてよろこんでいる神様や
それを信じる一般人とは縁を切りました
子孫繁殖は生産階級にまかせればいいのよ
あなたも変化したらどうかしら
いまさら一般人にならなくともいいの
蜻蛉にでも変身して
ベランダに止まっていたら
窓を開けてあげましょう」
ガラス越しに
電柱鴉の目玉がうごく
ものほしげに
ものほしげに
・・・　・・・

楽園

コンテナ群がそれぞれ違う角度で
空を截っている芒原
入場券を手に扉をノックする
三つ指を床につけ　白粉顔が微笑む
――いらっしゃいませ
お待ちしておりました」
違う　雪子じゃない
あずかった写真を見せる
――この人？　いない　スタッフは毎週のように変わってるわ」

さらに芒を分け　道らしきものの奥へ入る
勘違いか　あ　鯰絵　この扉だ
――雪子？　ええ　あたしよ・・・給食工場の？
ええいたわよ　級長ね」
顔は似てても声はちがう　離農者とくゆうの
訛りもない　かの女らはみな物語を即座につくりだせる
そうか　だったら給食工場の話も
即興芸であったのか　鉄函はちらばって
枯草の波に漂い　どこかへ行きつこうとしている
密航者のような家出人の勇気を鼓舞している
きみは無銭貨車を知っているか
アウシュビッツへの貨車とはぜったい違う
希望に満ちた鉄路のひびきを知っているか・・・
鉄の函を単なる運搬手段以上のものにしているのは記号

戸ごとにハングルの　スペインの　フィリッピンの　ベトナムの
甘い（にきまっている）言葉のペンキ文字
イラストは　炭坑のホッパー　青田　大漁旗　熊　等々・・・
古里の痕跡がすこしでもあれば
帰郷体験をしたがる人がいるのだ
木の電柱の保守党候補のポスター　――これも懐かしい
しつこく選びつづけた代議士たちの虹に
あぶりだされて村を捨てたのが　わたしたちだ
枯草の噴きだすアスファルトの道
人と会えば村人同士　軽く会釈し
目を交さず道をゆずりあう
排気円筒のあるコンテナは廁だろう
アンテナのあるのは待合室
その横が出口らしい

ほんものの鴉がつと楡の木に止まる
車止の逆U字鉄管の夕映えが
目を一瞬まっくらにする

元帥の天空

（能率がなんだ・・・
元帥の小声はピンポン玉のように
会議室から帰った
ドアの内側で跳ねた――
（能率がなんだ
さらに （量がどうした
（在庫の山だろうが・・・

おのれにのみの

ミリタリールックの作業着
ブーツ姿で身をかざり五十人ほどの工場の
十五人ほどの職場に髭の元帥は君臨した
子は一姫二太郎

靴学校からの卒業生には何も教えない
技は盗め　それっきり
能率がなんだ・・・これはすごい
元帥のゆくところ沼地がつづく
靄の地平が晴れて
巨木群があらわれる
トロ　トロ　トロン・・・と太鼓がささやく
樹上生活者の円い草屋根が点在している

会社のオーナーはマネーロン打輪具とかの稼ぎで
マンション三つ農園一つをもち　いつも旅行中
とある日　世に遅れること二十年
大学からのほそい眼鏡女史
プログラマーとかを従え帰ってきた
さあどうする元帥

吹き飛ばされた
元帥の方がである
怒鳴るこえも　殴りあいもない
残された者は残念がった
身障者でなくともその程度の
労力の支出でよかったのだ
十年間の楽園

仕事はたんなる閑つぶし
空想の一財産を築けた
元帥は弟子たちの屋根であった
雨をしのげ飢えささえしなければいい弟子たちの

能率がなんだ・・・
その明滅灯の下にあるもの
マイホーム　車　旅行
受験戦争　脚の引っぱりあい　馬鹿食いメタボ人生
そんな追っかけ人生はまっぴら
元帥よ　いまもなお希望をおもちですか　お望みですか
この地のアフリカ化　奥地化　チベット化を――

隙間の男

おれは刈取る　刈取るのだ
紙幣を　欲望の束を
刈取りながら　恍惚の焔と
氷の冷静との混合体になっていく・・・
缶詰車輌内の　ホワイトカラー諸君
おれは剃刀の使手だ
靴工場の包丁使いであったおれは――
君らの繊維の林の裏側をあばくおれは
隙間をつくってやっている

美服の隙間から　紙幣を失った皮膚に
段ボール長屋が縁取る
運河からの風がとどかなかったか
さらに　遠い遠い　給料なんてない砂漠地帯からの
声が聴こえなかったか
北朝鮮　亜細亜　アフリカの
飢える子供たちの声が――
そこから比べれば　自分たちが
貴族であると知ったのではないか
それとも　日々計画的に
ネクタイに首を締められながら
ローンに引摺られている
奴隷同様の身の上であると
診断したであろうか　あっは

それぞれ違うだろうが
おれは風通しを与えてやった
見通しを与えてやった

にも関わらず娑婆の強欲な被害者めら
おれを許さないだろう
おれは教会に行き
神父に許しを請う
献金は惜しむことなし

しかし許さないだろう
自然は　草や木や魚たちは——
そいつらを育み
おれの欲望を育んだ太陽は——

よろしい　おれは待っている　待っているぞ
審判の日がくるのを
「余の懐から　ちびりちびりせびる
吝なスリめ　これで　もう満足しろ」
と大きな火の塊を
ちぎって　おれに（呉れる）
投げ落すのを

葱丼

金属の巨大な百合を
屋上に咲かす　あの建物はなんだろう
引き寄せられ　気がつくと
薄明かりの広間にいる　奥の明るみに
大きな酒樽状のタンクを囲む
六人ほどの女性がいた
飛び出る管に口をあてて　けんめいに吹き　頰をふくらます
なにかの演奏のように見える
管弁を捻ねり　取っ手を引き　足ではペダルを踏む

壁にそってふわふわ衣装の
娘たちが踊り　着席のこれも女性たちが
体をゆすりリズムにあわせている
隣の媼にたずねる「何をしているのですか」
「し・・・黙って聴きなはれ」
間をおいてからいった「何も聴えません・・・」
媼の案内で外にでた　葱畑のなかのマンホールめく円盤を
言われるがままにずらし　跪き　耳をかたむける
はるか彼方から　競技場の　デモ隊の　鳥やけものの
昆虫の　潮騒よりも混濁したどよめきがあった・・・
「ここは宇宙からの電波研究所です
酒樽タンクにあつめられた宇宙意志の粥は
勢子たちによって念が吹き込まれ
地球ふかく送り届けられているのです

死にゆく大地を復活させる
ここは都市との闘いの場なのです
いまあなたの聴いた濁音は排水にすぎませんが」

昨日から　なにも食っていない
葱丼とやらにありつけた
がつがつ食うのを控えながら　汗をふく
宇宙粥について興味をしめさなければ・・・
「部屋の音楽がわたしに聴こえなかったのは何故でしょう」
「初心者ですからね　ベートーベンでも最初からわかる人はまれです
それに男性でしょ　むずかしい
でも修行あるのみ　ここのマンションの住人たちも
素人から修行して　勢子や鑑賞人になれたのです
それにしてもあなたは不思議な方ですね

この建物は警備厳重なのに
どうやって入ってこられました」

洞窟におけるノートより

使い捨て承知の日々に
声がとどいていた
「きみは死刑囚に似た覚悟を与えられた
なまぬるい平面蟻地獄に堪える
訓練が必要だ　オーナーが
運命共同体――などというときは
耳に蠟を流し込め
そのぶんだけ目が効くようになり
はるかまで見通せるようになる

滑車つきロット箱はおまえの棺
慎重に押してゆきたまえ
じぶんの死場所を見つけるんだ
休息時間はしずかに呼吸しておれ
その態度が平時にもあらわれるようになる
工場が蜜の約束として励ます生産物の増殖にも
賃金にも無関心になっていくだろう
三K職場をえらぶこと　危険　汚い　滑稽を選べ・・・
平気で休暇がとれるし
不思議とくびにならない」

声がとどいていた
「阿呆の真似　いいおもいつきだ
ほら　仲間の　贋の笑いや　嘲りあいが泡となって

なまあたたかい藁の巣からそこらじゅうに
べたべたする汁を垂れながしているじゃないか
漂っているふりをするのはつらいか
闘えない者らの恥じらいの烟で
一途にくもるなかで
阿呆を生きる実験人生はつづけよ
仮面をぬぐことなく生きることがきみの闘いだ

郊外にはなにがあるか知っているか
どの町にもサバイバルゲームの平面が進出している
戦闘ゲームに慣れさせている
だれでもすぐほんものの兵役につけそうだ
年齢のくべつなく電脳入りの玩具が
ケータイやネット　車庫つき住宅が

盗聴器があたえられている　消費の命令　塵捨場の増大
郊外で寛ろぎのふかい息を吐けたらおまえも一般人だ
そこまで修行する時間はもうないようだな」

声がとどいていた
「馬鹿者になる実験にはもう飽きたのではないか
おまえの演技は成功してしまった
阿呆が地になってしまい
冷や汗もかかず演技ができてしまっている
舗道に肩をおとしてあるいていても
はてこれはなんの演技なのかそれとも本心なのかと自問する
早々とこの世から立ち去ったむかしの仲間をおもうことはないか
単純なやつら　一緒に闘うための
一票を入れて呉れたこともあった仲間を

かれらがどこかで待っているとおもえるか
出会ったところでこの世にいたときと同様しらんぷりだろうな
おまえは自分の死に場所を見つけられなかったが
あいつらは選んだのだよ
橋下の段ボール小屋が美術作品にみえる世の
贋の楽園で本気で遊んだのだ
金ぐるみの新聞三面記事になった者がいたし
鴉がとまる金貸屋の看板の下には
保険証のないインフルエンザ患者の孤独死もある
一姫二太郎生産者の賞状を握りしめた過労死もあった
かれらはことごとくマイクをむければいい人だったと
隣人にいってもらえる人だ
騙され者とはだれもいわない——
おまえは感心している

かれらの無茶を誉めたくなる――お見事
よく生贄になる決心がついたものだ
羨む　羨む　羨む　眩しげに塵のなかで目をぱちぱちさせる
無我夢中になれないおまえは――
騙され承知組のおまえにも　しかし
何らかの蜜――収穫があるのではないか
足の向くほうにはいつもの
砂丘がひろがっている――それだけか
枯木の枝に果実とみまがう髑髏が刺さっている
どうやらそれがおまえの収穫物らしい
ふかく埋められた標である枯木は
おまえが仲間と別れた分岐点
一個の記述者の発生現場でもある
おまえの仲間は記述なんて夢にもおもわない

かれらは普遍平面に執着し　拡散し
おまえは己の身体を実験物とする
残氓の一人になった
筆記をメスのように使う剝ぎ屋になった
皮から肉へ　肉から骨へと
しかしあらわれたのは骨ではなく　辣韮状の
断片しかない奇妙な生きものだ
蠅とともに幽霊のレベルを行ったり来たりできる
人目につかない　あまりにも長い
幽霊時間を生きるものになった——
おまえはわしの声を一度としてふり仰がなかった
不精者め　わしがだれかわかるか
わしには一人状態などない
多くのものの集合体だ

だれも自分から望んで生まれはしない
だから人生に望まないものがやってくることは
この世でもっともありふれた自然であることを知れ
それを望め　偶然を撫でて飼育しろ
そいつのあげる声がわしだ
邪魔になれば刈られる荒草
どうでもいい茂みの蝶のお喋りだ
蟻の巣遊びに飽きたら　見上げてみろ
おまえに先行した仲間たちのいる
どこかへと通じる天の回廊が見えるはずだ
おまえを呼ぶ声も聴こえることだろう　あるいは
例によって例のごとく
予報もなく期待もしなかった
雲のながれがあるだけだろう」

共形幾何学の戯《たわむ》れ——跋にかえて

長谷川龍生

後藤義久の表現力においては、共形幾何学みたいな転回図形がくるくると廻っていて、なかなかに把まえにくい。共形幾何学は別名メービウス幾何学とも言って、くるりと変換はあるのだが、そのメービウスの輪が、じゅずつながりに連っていくところは、どこまでいっても不変である。もちろんイメージは三次元の現実である。変換であるところの不変。これを把まえれば、たちどころに、表現と形象力のおもしろさが、しだいにうかび上ってくるという具合である。変換するところが飛躍する非日常的なもので、不変である果てしない道すじは、日常的なころがりであるだろう。解るか解らないか、おもしろいかおもしろくないか、読者側にとっては白と黒とがはっきりとしている。

恣意的な表現で、この一行一句が、おもしろいと解るところがあっても、連行連句になると、どうもおもしろくないというところも出現してくる。それがいちばん解っているのは、後藤義久自身であって、それが読者側との距離をいつも困難にしているのではないかと、危惧したりもする。

私の行為している「現代詩塾」は、一種の自由懇話会方式で、後藤義久を終始どっぷりと受容しているのだが、彼の魅力は、労働者としての長期間のたえまのない耐久力だと見ている。その告白のときだけ、眼光が異様に光る。その光る眼光と、右に左に、上に下に、くねくねと論述する彼の言いまわしが、おもしろくて楽しい。発想の切り口と、発想の「結」の切り口とが連句になっているところが、たくましい。後藤義久は俳句をひねる人だが、俳句の作品を見せてくれたこともないし、じかに聴きおよんだこともない。

後藤義久も過去の記憶が、どっとどっと押し寄せてくる年令に達した。ところが過去の方と未来の方に振る振子の垂直に立つところの地軸が弱々しい。それがやさしさになっているために、今、現実のスタンスにおいて、相当の損をしでかしているのではないかとおもう。やさしさが発揮できれば、怖しさだって発信する能力が存在する筈であるから、目にものを見せて欲しい。一途に、そのようにおもう。

一九七二年に、彼は『貧しい血』という処女詩集を世に問うた。いい詩集であった。その中で「翔び逃げ」という作品があり、刃の上で耐久している力量を見せていた。この作品が、余りにも倦れていたために、耐久の世界にとどまってしまったのではないかと、過ぎ去っていった歳月を、私は、にくむ。

過ぎ去っていった時間ばかりをにくんでいても、らちがあかない。新しい世紀になって、まるで餌が散らばりつくしているような現代の二〇〇九年になって、後藤義久の新しい詩作品集『諸力』のつらなりの中に、ひとりの老労働者の今更ながらの意気ごみを探索していた。

作品「諸力」については、過労から脅迫してくる現代生活の基盤を、ひそかにおもったが、逃げきれない状況が設定されている。単力であっても、諸力に対して、空にむかって突きぬけていけない彼の逃亡力の無さが、正直に伝わってくる。労働者が貧しい暮しの中にあって、逃げの一手は空想の願望でしかないのか。読み深めていけば、貧しいとか、豊かであるとかの時空間ではない。静けさとか、喧騒とかではない。現存する垂直の軸が欲しいのである。それは「遊び」につきるだろう。嘘っぱちの物語が欲しい。完璧な空想物語が欲しい。それを余計者のイメージだと卑下することはない。労働者には、きっすいの鍛えられた労働者と、頭脳ばかりが余計に回転ばかりしている労働者とが居る。私は、後者の方に、単純に味方をしたい。その方が「異文」をものにすることが可能であるからだ。「異文」の要素を持つ詩人の居なおり、この方が好きなのである。

作品「葱丼」が、いやに、私の気をひいた。

愉しい。彼が一皮も二皮も、剝けたように愉しい。この道化じみた展開に、耐久力に翅が生じたように、「空《から》っぽ」になっている。「空《から》っぽ」ということは、行《ぎょう》なのである。動きのある行為であって、一つの不思議さである。彼は、いつのまにか「あるく禅」の思念の果てのほんとうの「空《から》っぽ」に変身したのかと、おもったりした。この作品は佳い詩であり、鑑賞に十分にこたえることができる。そして得がたい「笑い」がふつふつと沸いてきている。「宇宙粥」という言語が出現してきて、イメージを大きくとらえ、日常的なリアリズムに帰結するところに、「笑い」がセッティングされている。スウィフトの人間にたいする量的把握に近いものが存在しているだろう。これが動きの変形《デフオルマッション》であるだろう。

世界はすっかり古びてしまった。架空の世界よりも、現実の世界の方が異様に突出して、芸術家たちをおどろかしたり、あわてさせたりしているが、資本主義の分割する末路が認識している眼に映るならば、さしたるおどろきはないだろう。後藤義久の白日の下にさらされる物や事たちは、しだいに力を失っていくだろう。そこで時間をにくむ老人たちは思考の場を失っていく模様になっていく。そこに「諸力」をこちら側に、たたかい獲るチャンスが芽生えてくる。彼は呼吸づく。——

あとがき

疎開世代という言葉を聞いたことがあるが、わたしもそれだ。東京で生まれ栃木県の鉱区で敗戦を迎えた。鉱山の自然に圧倒され、次は敗戦後の環境の変化におどろかされながら育った。進駐軍が学校にやってきて、理科教師の手製のガス大砲（カーバイト燃料の）を校庭の崖下へ突き落とすところや、教師たちとのフットボールの試合を見た。鉱区の集会所はダンス場になり長屋にはジャズがながれていた。中学を卒業と同時にわたしは働きに出た。

東京では住み込みの電球工場の近くに元陸軍病院があり、そこも進駐軍のものであった。病院近くの高校の夜間部にわたしは通った。教室でエリオットの「荒地」の翻訳物を読んでいたことがある。見つかっても教師は咎めなかった。なにしろ居眠りも許されていた。こんなことを書くのはこの詩集の編纂中、植民地文化に漬かりながらわたしは育ったのだな、という思いを深くしたからである。

わたしの詩作は「現代詩手帖」の投稿欄からはじまった。ペンネームは大原仔鹿というものだった。しかしその詩集編纂のときは牧歌風のペンネームに照れて後藤義久名になっている。それが第一詩集、一九七二年発行の『貧しい血』であった。

投稿欄の選者のだれかが投稿者に「書いてすぐに投函しないで、三ヵ月ぐらい経ってからもう一度読み直して欲しい」と注文をつけていた。わたしが詩作から離れ、再び詩作を始めたのは、三ヵ月どころか三十年以上も経ってからだった。長すぎる読み直しをしていたということになる。再出発は清水昶氏の詩塾や今はなくなった「詩学」の塾のお世話になった。

さてこの第二詩集『諸力』のできばえはどうであろうか。第一詩集をどれほど超えているか、あるいは衰退してしまっているのだろうか、今のところ解らない。現在はこれが精一杯というところだ。

現在のわたしの作品の発表の場は長谷川龍生代表の「現代詩塾」である。跋文をいただいた龍生氏に感謝したい。感謝のおもいは詩集出版への気持を与えてくれた塾の仲間たちにも伝えたい。過去の日の「手帖」の選者たちにも負うところは多いと思う。ちなみに、あの時代の選者は大岡信、黒田喜夫、寺山修司、堀川正美、等々であった。

二〇〇九年三月

後藤義久（ごとうよしひさ）

一九三七年　東京都足立区に生まれる。
一九五三年　疎開先の栃木県足尾中学校卒業
一九五八年　東京都安田商業高等学校第二部卒業
一九七二年　詩集『貧しい血』思潮社刊

現住所　一二一―〇八一四　東京都足立区六月二丁目二五―二―一一〇

諸力《しょりょく》

著者
後藤義久《ごとうよしひさ》
発行者
小田久郎
発行所
株式会社思潮社
〒一六二―〇八四二　東京都新宿区市谷砂土原町三―十五
電話〇三（三二六七）八一五三（営業）・八一四一（編集）
ＦＡＸ〇三（三二六七）八一四二
印刷
三報社印刷株式会社
製本
株式会社川島製本所
発行日
二〇〇九年十一月三十日